작가마을 · 사임당 시인선 04

바다가
보이는
계단

이 계 선 시집

작가마을 · 사임당 시인선 04

• 사임당 시인선 04　　**바다**가
　　　　　　　　　　　보이는
　　　　　　　　　　　계단

초판인쇄 | 2012년 9월 5일
초판발행 | 2012년 9월 10일
지은이 | 이계선
펴낸이 | 배재경
펴낸곳 | 도서출판 작가마을
등록 | 2002년 8월 29일(제 02-01-329호)
주소 | (600-012)부산시 중구 중앙동 2가 24-3 명성 B/D 303호
　　　　T.(051)248-4145, 2598 F.(051)248-0723 E-mail:seepoet@hanmail.net

정 가 / 8,000원
ⓒ 2012, 이계선　　ISBN 89-90438-92-8　03810

바다가 보이는 계단

보이는

계단

이계선 시집

도서출판 작가
마을

시인의 말

주술사들끼리만 통하는
세상의 언어가 있을 것 같아,
그 언어를 알면 나도 세상의 비밀을 알 것 같아
시를 썼는데
그 비밀에는 접근도 못하고
내 비밀만 털어놓는다.

2012년 8월
이 계 선

이
계
선 시
집

●● 차례

1부

바다가
보이는
계단

2부

3부

바다가
보이는
계단

4부

빈집

집은 바람 속에 웅크리고 있다 아니 바람을 안고 쓰러질 듯 서 있다 페인트칠이 벗겨지고 반 넘어 녹이 슨 함석대문은 뭐가 와도 개의치 않는다는 표정으로 반쯤 열려 있고, 감나무 잎은 저희끼리 수군거리다 지쳤는지 마당 귀퉁이에 모여 서로의 늙음을 확인하며 밤이 오길 기다린다 개망초꽃 서넛은 지붕에 뿌리를 내린 채 넘어가는 햇살에 줄기를 말리며 서 있고, 집의 관절들은 마디마디 부러진 채 서로를 부축하며 새로운 균형을 이루고 서 있다.

거기 그렇게 살다 가신 내 어머니가 바람 속에 서 계신다.

영아가 보고 싶다

환경조사서 어머니 직업란에
〈쪽자〉라 쓰고
이게 어떤 일이냐고 묻는 내게
사실은 어머니 직업이 아니고
할머니 직업이라고
웃으며 당당하게 말하던 아이

가정방문하는 내게
대로변 옹벽 밑에 있는 작은 집으로
사다리를 타고 내려가게 하던 아이

집에 오는 길이 이렇게 무서워서
어떻게 하냐고 묻는 내게
환하게 웃으며
저 아래쪽으로 조그만 샛길이 있지만
이게 지름길이라고
선생님께 제가 매일 학교 다니던 길을
한번 경험하게 해보고 싶었다던 아이

시름시름 앓던 아버지 돌아가시고
오빠가 병원으로 떠나던 날도
아침 일찍 학교 와서
교실 창문 활짝 열고
교탁을 걸레질하던 아이

어느 날 문득
우람한 돌바기 사내아이를 들쳐업고
음료수 한 통에
백화점 상품권 들고
학교로 찾아온 그 아이

아직도 환경조사서가 있다면
돌바기의 환경조사서 어머니 직업란엔
컴퓨터학원 강사라고 써넣을
까르르까르르 온 교실을 흔들어대던
웃음소리 어여쁜
영아가 보고 싶다.

범석이의 태극기

거리 곳곳에서 범석이의 태극기가 휘날리는 것을 보곤 한다. 국민학교 1학년 산수시간에 거침없이 흔들리던 그 태극기를.

1부터 9까지 숫자 깃발을 만들어 오라 하시고는, 선생님이 자석칠판에 사과 세 개를 붙이면 눈꼬리가 꾀죄죄한 우리는 깃발 3을 들어야 하는 힘겨운 산수시간. 공책과 연필보다는 낫을 들고 꼴 베기를 먼저 익혀야 했던 우리, 손가락에 침 묻혀 가며 겨우 열을 헤아리는 우리에게 자석칠판의 돛단배 일곱 척이 손가락 일곱 개를 거쳐 7이라는 숫자로 치환되고, 아홉 개의 깃발 중 7이라는 깃발을 골라내는 교실은 어지럼증으로 울렁거렸다. 그 어지럼증 속에 2분단 둘째 줄 범석이는 누구보다 먼저 깃발을 흔들고 있었다. 오로지 태극기 하나만을 준비한 범석이는 선생님이 딸기 네개를 붙여도, 자동차 여덟 대를 붙여도 태극기만 흔들어 제끼고 있었다. 어떠한 고민이나 의심도 없이.

오늘도 범석이의 태극기는 의기양양 휘날리고 세상은 어지럼증으로 울렁거린다.

아침 해변에서

- 완도의 명사십리

　바다는 이제 막 잠에서 깨어난 열세 살 계집아이 같아 저가 얼마나 많은 사람들에게서 얼마나 많은 생각을 일으키게 하는지 모르고 있다 밤새워 몸 뒤척이며 잠꼬대에 헛발질까지 참으로 많은 몸짓을 하고도 능청을 떨며 모래사장을 사부작사부작 오르내리는 품이 어쩨 그 계집아이의 낭창거리던 뒷모습하고 저리도 닮았을까 저가 무얼 하든 그 모든 것이 한 사람의 가슴으로 스며들어 노래가 되고, 설움이 되고 시가 되는 줄 모르던 그 계집아이가 나이도 먹지 않고 여기서 이렇게 나를 기다리고 있는 줄, 난들 알았을까.

천수답, 그 말할 수 없는

– 남해 다랭이마을에서

여보소 내보고 우짜라꼬

논바닥은 쩍쩍 갈라져

그게 아가리인지

가랑이인지도 모르고

물 달라 아우성인데

여보소 내보고 우짜라꼬

죽은 애미 빈 젖 빨기에 지쳐

울음소리마저 잦아드는

돌배기 같은 저 모들을

배배 말라 비틀어져

다시 살아날까 싶은 저 모들을

여보소 내보고 우짜라꼬

쨍쨍 하늘 뭉게구름에

바람 한 점 없이

논두렁마다 엉겅퀴는 피어

비 냄새 흔적도 없는데

여보소 내보고 우짜라꼬

물이면서 물이 아닌 것들이

발밑에서 끊임없이 출렁이며

이 내 심사를 뒤틀어
밥맛도 술맛도 아니 나는데
여보소 내보고 우짜라꼬.

집시촌을 지나며
− 터키 여행 중에

끝없이 펼쳐진 밀밭 위로
쌍무지개 떠올라도
그들의 모든 것은
떠나기 수월함을 위한 것

세월과 길에 지쳐버린 몇 대의 트럭이
녹슨 일상 위에 세워져 있고
바람과 피로에 탈색된 천막들은
서로의 온기를 나눠 가지려는 듯
등과 등을 맞대고
제 때깔을 잃은 빨래들은
배고픔에 지친 아기 울음마냥
밀밭을 기웃거리고 있다

피곤과 절망은 어디든 있는 법이지만
보란 듯이 드러내고 있는 피곤과 절망 앞에선
나의 절망과 피곤도 쉬이 풀려나오는 법이라
가던 길 멈추고
나의 피곤과 절망을

주저리주저리 풀어놓는데

들 가득 개양귀비 빠알갛게 피어
낄낄 웃어 제끼더니
한쪽 눈을 찡긋하며
가던 길이나 가란다.

6월, 햇살 아래 바다

무료에 지친 바다
작은 배 한 척 지나더니
하얀 포말이 일어
논두렁이 된다

아버진 까아맣게 그을린 종아리로
보릿대가 성성한 논을 쟁기질하시는데
그 옆엔 모내기를 기다리는 무논이
햇살에 일렁이며 누워 있다

어제 만든 새 논두렁길을
말랑말랑 걸어
술주전자 들고 가는 길

뻐꾸기는 어째 그리도 울어 쌓던지
아버지 몰래 한 모금 두 모금
마신 막걸리 탓인가
무논도 뻐꾸기 울음도
왜 그리 빙빙 돌아 쌓던지

또 왜 그리
밤꽃 냄새는 머리가 아프도록
축축 늘어져 있던지

저 바다 어디엔가
바작 가득 모춤을 싣고
논두렁길 걸어오는
아버지가 계실 것 같은데
햇살은 바다만 어루만지며
졸고 있다.

우리 고모

평생을 농사 지어온 우리 고모는
지나는 길에 들르기라도 하면
금세 따뜻한 밥 지어
가을무 하나로 생채 무치고
파, 마늘, 깨, 송송 전어밤젓에
쌈배추 뽑아 내놓는다
매일 먹는 밥인데
고모네 밥맛은 유별나다 하면
오늘 아침 까치 울음에
방아 돌려 새 쌀 찧었다며
당신은 숟갈도 안 들고
어디론가 바삐 가시더니
단감이며 누렁호박이며 각종 야채들을
유모차에 가득 실어 오신다
설거지도 못 해주고 돌아오는 길
– 너희가 이렇게 오니 참 좋다
등만 쓸어내리시더니
환한 가을 햇살 속에
아픈 허리 부여잡고
오래오래 손 흔들고 계신다.

칼국수 먹는 저녁

감나무 밑 평상에 두레상을 펼쳐놓고
어머닌 가족의 고된 하루와
그것보다 더 힘들었던 자신의 하루를
밀가루 반죽처럼 주무르고 계셨다
우리는 어머니 손 안에서
둥글둥글 조물조물 치댐을 당하며
알 수 없는 평온함에 옅은 웃음을 흘리고
설렁설렁 홍두깨질에
순한 밀물처럼 퍼지며
나른하게 졸리기도 했다
둘째 고모가 가져다준 뛰포리로
살짝 맛을 낸 국물에
텃밭의 풋고추 호박 숭숭 띄워
칼국수가 양푼이 양푼이
보름달처럼 환히 웃으면
언니는 달 하나 소반 받쳐
뒷집 양순이네로 가고
박넝쿨은 울타리를 넘어
이집 저집 꽃을 피워 올리곤 했다.

그들이 사랑하는 법

시어머니에 시누이 시동생에
남편에 아이 다섯
어머닌
식구들과 같이 밥을 먹을 수 없었다
밥 퍼서 나르고
국 퍼서 나르고
물 달라는 사람 물 주고
반찬 달라는 사람 반찬 주고
그때마다
아버진 버럭버럭 역정을 내시며
– 참 버릇 이상하재
– 와 식구들 밥 무글 때 같이 안 묵고 저렇게 어그적거리는
지 몰라
– 와서 밥 안 묵나
어린 내 눈에도 일하느라
밥상에 제때 앉지 못하는 게 환한데
아버진 밥때마다
고래고래 고함을 지르곤 하셨다

– 와서 밥 안 묵나.

– 다른 사람들 무글 때 같이 무거라 말이다.

밥 먹고 양치질

월요일이다
6시에 일어나 정신없이 점심시간
양치를 하는데
앞자리의 김선생님
– 선생님 핼쑥해 보여요
– 어제 아프셨어요
– 아뇨. 아무 일 없었는데
순간 어제의 기억보다 먼저
눈물이 왈칵
– 오빠 49재였어요
혼령마저 하늘로 보내고
종일 눈물범벅이었는데
월요일 오전은
습관처럼 흘러
또 밥 먹고 양치질한다.

소통

딩동
아내의 문자메시지가 왔다

대장 내시경 이후
처음으로 근사한 놈을 뽑아냄
이 원초적 기쁨을 같이 누리고저!

드르릉
남편의 문자메시지가 왔다

싸들고 댕기소.

아름다운 나이테

– 군대 가는 아들에게

겨울을 나기 위해
옷도 추억도
모두 벗는 나무를 보며
너를 생각한다

근육질의 몸을 만들어
기초대사량을 높이고
영화며 음악이며 자유분방한
너의 젊음은
늘 눈부시고 아름다웠는데

잎들을 떨어내고
먹는 일마저 줄여
기초대사량을 최소화함으로써
바람 불고 추운 겨울을
대비하는 나무 또한 아름답구나

의식의 잎들을 떨어내고
영혼의 가지를 줄여

잠시 겨울나무가 될 너

바람 차가워지면
네 걱정 먼저이겠지만
우리는 알고 있다
너는
아름다운 나이테 하나
만들고 있다는 걸.

반짝반짝 빛나는 염소를

참새미가에 늙은 감나무
외딴 집에
늙은 울 엄마는
새까만 털이 반짝반짝 빛나는
염소 한 마리 키우고 계셨는데

선심 쓰듯 나선 주말 나들이
새벽부터 도마질 소리 탁탁 들려와도
해가 마당에 들도록 잠만 자다가
갖가지 푸성귀 챙겨서
집을 나서면
풋감은 함석지붕에
요란하게 떨어지더라

— 너무 용쓰지 말고 살거래이 저 감나무 이파리가 빠알갛
게 되모 이 염소는 니 고아줄끼니께 묵고 나면 힘쓰기 좀
나을 끼라 그때까지 너무 용쓰지 말고 살거래이.

늙은 감나무집에

늙은 울 엄마는
새까만 털이 반짝반짝 빛나는
염소를 키우고 계셨더랬는데.

아버지와 오빠

울 아부진 아무래도 친아부지가 아닌갑다
내일모레가 일제고사인데
어제는 하루 종일 모내기 시키더니
오늘은 월요일
아침 전체조례도 있는데
어제 모내기한 노랑재이 그 긴 논에
논두렁 마르기 전에
논두렁콩을 심어야 한다고
학교 가기 전에 다 심으라며
콩 한 바가지와
작은 말뚝 하나를 주시더니
잠도 덜 깬 오빠와 나를
논으로 내미신다

오빠도 울 오빠가 아니기는 마찬가지
지는 말랑말랑 논두렁에 뽕뽕 구멍만 뚫고
나더러는 그 구멍마다
콩 세 알씩을 넣으란다
거기다

콩 한 알은 땅속 벌레에게
또 한 알은 하늘의 새에게
나머지 한 알은 사람 몫이라고
잘난 척 훈계도 한다
내사 한 구멍에 한 알씩 넣고 빨랑빨랑 끝내고 싶은데
같이 눈곱도 안 떼고 나온 처지에
구멍이라도 뛰엄뛰엄 하면 좋을 걸
어른 한 뼘 길이로 해야 한다고
내 말은 듣지도 않는다
지는 학생회장이라 늦으면 안 되는 줄
뻔히 알 터인데도
무논에 어리는 그림자가 어지럽지도 않은지
가지런하게 잘도 구멍을 뚫는다.

무릇 무릇 꽃송이들

키 큰 풀잎 사이에선
키 큰 무릇으로
키 작은 풀잎 사이에선
키 작은 무릇으로

벌초한 지 한 달도 안 된
무덤에도 숭긋숭긋 꽃을 피워

사는 일이 업이라
그 사람을 묻고도
밥을 먹어야 하고
살아야만 하는 마음
다 안다는 듯

잎도 없이
꽃대만 뽑아 올려 피어난
보라색 꽃송이
울 오빠 무덤에
무릇 무릇 꽃송이들

어머니와 지렁이

어머닌
수채에 뜨거운 물을 못 붓게 하셨다
지렁이가 놀란다고

아파트에 사신 지 오래된
지금도
시금치 데친 물을
하수구에 바로 못 붓게 하신다

식혀서 미지근해진 물을 부을 때도
꼭 고한다

— 뜨신 물 붓심미더.
— 피할시소.

가족 모임

환갑이 넘은 오빠와
마흔 된 막내까지
다섯 오누이와 조카들까지 모여
한 상 가득
모처럼 가족 모임
한 꼬투리 속에서 나오고도
어째 생각은 그리도 각각인지
기억의 회로 속에 정리되어 있는
생각들을 쏟아 내는데
같은 사건에 대해서도
기억들은 참으로 다양해
오래된 기억일수록
변형은 더 심하여
각자가 많이 서럽고
모두가 많이 애달파
쏟아져 나온 기억을 다 맞춰도
과거의 진실은 복원되지 않아
어쩌면 여기 모인 누구의 소망도
진실의 복원은 아닐지 몰라

다만 내 상처를 누군가
알아주고 보듬어 주길 바랄 뿐
슬프고도 혼란스러운
기억의 방출들로
새로운 상처 하나씩 안고 가지만
끈적끈적한 진액으로 버무릴 것은 버무리고
연륜이라는 체로 걸러낼 것은 걸러내고
각자의 삶터로 돌아가는 길
이 모든 것이 그리움되어
환한 달빛 길 비추듯
우리의 나이 들어감을 비추리라
생각하며 고개 끄덕인다.

2부

겨울 아침

다다닥다다닥 어머니 도마 소리
싸아악싸아악 아버지 비질 소리
쟈들이 언제 일어날라카노
아버지 헛기침 소리 높아가도
쬐금만 더 자야지
따뜻한 이불 속으로 쏘옥

꽃 때문에

웅성거리며 피어나는
꽃 때문에
간밤 비에 떨어져 버린
저 꽃 때문에

중심을 잃은 것 같기도 하고
우주 한가운데 서 있는 듯
황홀하게 고요하기도 합니다.

꽃 속에

오늘같이 바람 불어
세상이 수런거리는 날이었지요
어머니께선 갓 피기 시작한
황매화를 가만히 바라보고 계시다가
혼잣말처럼 말씀하셨지요
아가야, 저 꽃 속에 무엇이 보이니?
어머니처럼 허리를 굽히고
황매화를 바라보았지만
아무것도 볼 수 없었답니다
어머닌 무얼 보고 계셨던 걸까요
오늘, 나처럼
저 피는 꽃 속에서
숱한 바람과
끊임없는 뒤척임과
이 어쩔 수 없는
화냥기를 보고 계셨던 걸까요
어머니,
갓 피기 시작한 황매화를
넋을 놓고 바라보는 저를
당신은 보고 계시지요.

민들레 꽃밭에서

원당골 마루턱 작은 공터에
언제부터 누가 일구었는지
작은 텃밭들
자라는 남새들은
겨울 지난 파, 시금치에
봄맞이 야들야들 상추까지
고게 고것
게으른 주인이 놓쳤는지
속 깊은 주인이 두었는지
시금치 사이사이에 노란 민들레
니 밭 내 밭 경계는
장다리꽃, 영산홍으로
밭이랑 길이랑은
산괴불주머니, 복사꽃으로
산벚꽃 간간이 흩날리는
원당골 마루턱에 앉아
그대에게 엽서 쓰는 아침
가진 것 없어도
마음은 부풀어
온통 민들레 꽃밭이다.

꽝꽝나무의 노래

습한 땅에서도 잘 살지요
햇빛이 어지간해도 괜찮아요
웬만한 공해에도 견딘답니다
키도 크지 않아요
꽃은 볼품없지요
저더러 특징이 없다며
생가지를 잘라 불에 넣더니
꽝, 꽝거리며 탄다고
꽝꽝나무라 한다네요
생가지를 자르고
불에까지 넣어 보고서야
제게 이름을 주신 당신

당신의 이름은
무엇인가요.

강가에서

사랑처럼 꽃 지는
강가
해는 기울고
갈 곳 없는
사람끼리
그림자 길게 늘이고
서 있습니다

강물은 흘러가도
강은
그대로 있습니다.

청보리밭을 지날 뿐인데

바람이 어쨌다고 그러는지
하이얀
찔레꽃은
헤헤거리며 살랑이다가
무엇에 놀란 듯 자지러지게 웃다가
데굴데굴 구르기까지 하더니
지나는 바지 자락에 살짝 볼 대고
밉지 않은
아양을 떨어댄다

꼭
그 가시나 같이

봄 뜰

봄 뜰에 비 개여
햇살 난만히 노는 모습이
열일곱 고 가시나
통통한 볼살 실룩이는 것 같아
가만히 있어도 풋살구냄새

그 머시마는
수수꽃다리 향내도 모르면서
이상타 이상타
고개 갸우뚱거리며
애맨 땅만
쿡쿡 발길질

함박눈을 향한 기도

함박눈 쏟아지더니
이내 햇살이다

함박눈처럼 쏟아지는 그대의 사랑도
어느 시점에선
가늘어지고
어느 골목에선
멈출 것이다

내 기도는
그대의 사랑이 영원하라는 것이
아니다

내 기도는
그대의 사랑이 멈추는
그날에도
함박눈 맞으며 황후처럼 행복했던
나를 기억하는 것이다.

너 보내고 2

중병을 앓고 난 듯
몸도 마음도
몽롱하고 나른하여
자꾸만 가라앉아
의식의 밑바닥에서 배를 타는데
아련한 목소리
흐릿한 냄새

손가락 하나
까딱 못 하고

마음 저편으로
철거덕철거덕
기차
지나가는 소리

일기 日記

남에게 보이기 위한 약간의 명랑과
의식주를 해결하기 위한 상당량의 노동과
그 노동을 위한 얼마간의 휴식과
짬짬이 일어나는
이게 아닌데 이게 아닌데 하는 생각과
그 불손한 생각을 지우기 위한
과장된 몸짓과

해 질 녘
길거리에 늘어선 긴 그림자들처럼
당
신
생
각

오월, 어느 날에

우리는 산속에서 길을 잃고 있었습니다.
산벚꽃 흩날리어 그대의 머리에 내려앉고
먼 숲 어느 곳에서
두견새가 구슬픈 가락을 뽑아
웃비 그친
수채화 같은 신록 위로
나직이 뿌리고 있었지요
당신의 웃음은 소년처럼 해맑았고
당신의 손길은 아침 햇살처럼 순수했습니다
이따금, 구름이 지나는지
사위가 적막해지기도 했지만
그것도 잠시
떡갈나무 연초록 새잎 사이로
이내 햇살 비치고
바람 불어와
우리는 길을 잃었다는 것도
잊고 있었습니다
끝나는 길 어디에선가
새로운 길이 이어져

우리는 의심 없이 그 길을 걸었고
말이 없어도 모든 것이 충만했습니다
우리는 산속에서 길을 잃었고
세상에 없는 한나절을
잃은 길 위에서 보내고 있었습니다.

온천천에서 여름밤을

어느 별에
외로운 이 있어
수국꽃 향기도 없이
빠알갛게 부풀어
물방개의 장난 짓
하나에도 귀 기울이며

오는 사람
가는 사람
발걸음만 세더니

하천에도 조수가 있어
높아졌다 낮아졌다 하는
물을 보며

싱긋 웃곤
오늘은
맘껏 외로워라
실컷 외로워라.

보고 싶은 이유

부처를 보는 것보다
더 좋은 것은
부처가 보는 것을
같이 보는 거라 했는데

마음은 미망하여
당신이 바라는 길
보지 못하고
당신만
보고 싶다 한다.

선암사 후원에 서서

가려거든 가라 했죠
선암사 후원에 서서
달이 삶은 달걀 같지 않냐며 멋쩍게 웃던 당신
어째 달이 먹는 걸로 보일까만 생각하고
그 말을 하기 위해 닳아버린 당신 맘엔
아무런 관심도 없었지요

가려거든 가라 했죠
선암사 후원에 서서
이 꽃이 무어냐며 슬쩍 손 스치던 당신
그 손길이 어떤 망설임 끝에 나온 줄 생각도 못하고
꽁꽁 얼어 발개진 당신 손엔
아무런 감흥도 없었지요

가려거든 가라 했죠
선암사 후원에 서서
매화 열매가 매실인 줄 몰랐다며
매실을 깨물던 당신
긴장과 고요와 어색함을 깨기 위해

뭔가를 해야 했던 당신의 어린 사랑엔
아무런 애정도 없이
웃기만 했지요

가려거든 가라 했죠
선암사 후원의 매화
저 혼자 피었다 저 혼자 열매 맺는데
그것이 서러움일 줄 모르고
가려거든 가라 했죠
삶은 달걀을 보고 달을 생각할 줄
정말로 몰랐던 게지요.

영남루에서

가만히 바람을 안고 서 있습니다
앉아서 바람을 피해야 할 것 같지만
왠지 이렇게 바람을 맞는 일조차
마지막일 것 같아
바람에 몸을 맡기고 서 있습니다
당신은 늘 바람과 노는 듯
햇살을 놀리는 바람이
당신 옷깃에 헤헤거리는 모습이
퍽이나 다정해 보입니다
늘 바람과 친하게 지냈는지
바람 속에서의 당신은
참 흡족하고 상쾌해 보입니다
상류에 홍수가 졌는지
강물은 불어 고수부지까지 출렁이고
길 잃고 날아온 하얀 새 한 마리
바람 따라 강물을 몇 번 선회하더니
급기야 물고 온 심장을 떨어뜨리고 맙니다
당신도 분명히 그 심장을 보았을 법한데
여전히 유쾌하고 흡족해 보입니다

심장에서 뚝뚝 피 듣는 소리 들리는데도
유쾌한 당신이 무서워
뭐라 할까 했습니다만
유쾌와 흡족에서 벗어난
당신이 어떤 모습일지 몰라
아무 말 못하고 있습니다
바람을 가르고 문득 웃음 거둔
당신을 만나는 것보다
혼자서 바람을 맞는 편이
덜 아플 것 같아
혼자서 바람을 안고 있습니다.

이기대 전설

바닷가 둔덕
키 작은 코스모스밭
훤출한 키를 뽐내며
어깨에 어깨를 출렁이며 바람을 놀리는
꿈은 접은 지 오래
눈 뜨면 바람
눈 감아도 바람
육신은 고달프고
마음은 허기져
알 수 없는 절망으로
이 바닷가 둔덕에 태어난 죄밖에 없는
다른 코스모스들을 욕해대다가
미움은 바람 찬 밀물처럼 퍼져
가을이 오기도 전에
둔덕 가득
코딱지 같은 꽃을 매달더니
정처를 알 수 없는 큰바람에
꽃은 떨어져
바닷가 둔덕

키 작은 코스모스밭은
누렇게 시들어
씨앗도 맺지 못하는 줄 알았더니
키 작은 코스모스 사이로
더 키 작은 코스모스가
건드리면 터질 웃음보 같은
꽃봉오리를 매달고
그 위론 꺼뭇꺼뭇
씨앗들이 여물어간다
석양빛 고운
바닷가 둔덕에
키 작은 코스모스밭이 있어
이기대 전설은 시들지 않는다.

베른의 기차역에서

아침 안개 가득한
베른의 역에서
기차를 기다리네
대합실엔 세기를 거슬러 올라온 듯한
침묵,
그 침묵마저도 가라앉아
인터라켄에서 묻혀 온 피로와 졸음은
의자에 몸을 묻고
사람들은 낯선 것에도
낯익은 것에도
모두 무심하여
곧 출발할 기차를 알리는
전광판만 껌벅껌벅
빵 굽는 냄새는 배경인 듯
대합실에 낮게 깔리는데
아침을 굶은 내장은
이미 모든 것을 안다는 듯
입맛조차 다시지 않아
아침 안개 가득한

베른의 역에는
니가 나를 잊겠다며
마른 입술 깨물며 돌아서던
그 골목길의 긴 그림자처럼
기차가 떠나고
옛이야기인 듯
사람이 지나간다.

운주사에서

운주사
천불천탑 도량을 걸으면
참으로 재밌고 맛지는 풍경을 만난다

욕심은 버리고
마음은 환해서
중생들 노는 모습 모두가 어여뻐

밤사이
골짜기 가득
바윗돌을 날라다 놓고
짐짓 위엄 있는 체
도선대사가 말씀하신다

– 니 마음의 부처를 만들어라.

마음의 부처는 모두 달라서
큰 부처 작은 부처
누운 부처 앉은 부처

웃는 부처 찡그린 부처
눈 뜬 부처 눈 감은 부처

마음만 다른 게 아니라
솜씨도 제각각이라
손이 마음을 따르지 못해
보리밥에 된장뚝배기처럼
어리고 순박한 부처도 많구나

제 마음의 부처를
제 솜씨대로 그리는
이곳이 극락이라
도선대사 껄껄 웃으신다.

그 어느 날, 우리는

부석사 안양루에 앉아
소백산맥이 어깨에 어깨를 걸고
안개 속에 앉아 있는 모습을 본다
언젠가 너와 나
땀 촉촉하게 손 꼭 잡고
산이 흘러가는 모습을 바라보았지
내 마음은 너의 손에 머물다
너의 동그란 어깨를 거쳐
저녁예불을 알리는 범종 소리 따라
산으로 흘러 산맥이 되고
니 마음은 내 손가락 사이에서
잠시 생각을 하고는
내 가슴에서 한 뜸을 들이다가
해 질 녘 어스름이 되어
산맥을 싸안기 시작했지
어스름은 어둠이 되고
산맥은 우리들 마음속에 있는데
근원을 알 수 없는 울음이 터져나와
우리는 풀벌레 소리보다 더 크게

흐느껴 울었네
산마루에 걸린 초승달이 사라지는 것도 모르고
여기가 어디인지도 모르고
우리는 울고 있었네
부석사 안양루에 앉아
별들이 수군거리는 것도 눈치 못 채고
울고 있었다네
그 어느 날에
우리는.

수덕사 여름 풍경

맞배지붕에 민단청
단순함으로 길어 올린
우아한 대웅전 뒤안
배흘림기둥에 기대
신발 벗고
눈감고 앉아
불경 소리를 듣는데
원추리는
꽃대를 뽑아 올려 잠자리를 놀리고
비비추는
잎에 잎을 기대며
졸음을 풀어내는데
담쟁이덩굴도
오랜 토담을 휘감아 바람을 재우니
사람도
사랑도
시간의 차창에 걸린
한 장의 풍경인 것을.

3부

호수

바람은 떠나고
저만 출렁입니다.

사월로 가는 기차

넌 사월에 산다

네게로 가기 위해
반월당에서 기차를 타면
마음은 부풀어
나른한 열정에 떨리우는
보름달이 되고

기차가 사월에 도착하고
역을 빠져나오면
이월의 빈 나뭇가지에도
꽃내음 가득하고
팔월의 땡볕도
상큼한 미소였다

나의 이쁜 사람을
사월에 살게 하신
그분의 뜻을 칭송하며
사월을 드나든 지 이태

이제 사월은 단풍이 들기도 하고
이따금 진눈깨비가 흩날리기도 한다

그리고 기차를 타면
내가 가고자 하는 곳이
4월인지 사월沙月인지
아니면 사월斜月인지
곰곰 생각할 때도 더러 있다

*沙月 : 모래를 비추는 달
*斜月 : 기우는 달

당신이 떠난 오랜 후에

당신이 떠나고
내 방은 참으로 어지러워
온갖 물상들이 길을 잃고 헤매고
나는 헤매는 것들 위에 널브러져
헤매는 줄도 몰랐습니다

그러던 어느 날
어떤 연유인지 헤매는 물상들이
제 길을 찾기 시작했고
그제야 나는
내가 헤매는 줄 알았습니다

제 길 따라가는 물상들 위에서
헤매는 것은 진실로 어지러운 일이라
헤매는 것을 멈추기 위해
나는 일을 찾아야 했고
벽을 닦기 시작했습니다

벽을 닦은 지 오래

벽인 줄 알았던 곳에
창문 하나 있었습니다

내 모든 문을 닫아버리고
떠난 줄 안 당신이
벽으로 둘러싸인 내 방에
창문 하나 걸어놓고
밖에서 닦고 계셨던 것이지요

당신이 떠난 오랜 후에야
내게 새 창문 하나
달아 준 당신을 봅니다.

사랑니, 뺄까요

의사는 사랑니를 빼라고 했다
칫솔이 잘 닿지 않아
충치가 생기기 쉬울 뿐 아니라
비스듬히 누워 있어
엄청난 고통을 유발할 수 있다며

그러나 난 늘 사랑니 빼는 것을 주저했다
사랑니가 내게 존재하는 한
몸이 바삭바삭 타는 고통 속에서도
마음이 환히 밝아오는 사랑을 할 수 있을 거란
혼자만의 기대를 은근히 즐기며

몸살이 나면 저 먼저 치은염을 앓고
신경 쓰이는 일이 있으면
편두통을 일으키며 귓속까지 아파와도
내 삶의 은밀하고 중요한 이유였기에
사랑니를 선뜻 뺄 수는 없었다

별 뜻 없이 내뱉은

넌 나의 사랑니야 하던 네 말은
고통스러움으로 아름다움을 만들어낸
세상 수많은 숭고한 것들이
일상의 쳇바퀴에서 낡아가는 내 삶으로 들어와
햇살을 받아 반짝이는 사금파리같이
때론 눈부시기까지 했는데

며칠째 잇몸은 부어올라
음식은 씹을 수 없고
보이지 않은 곳에서 시작한 고통은
온몸과 정신을 잠식해 가는데
의사는 사랑니를 빼라고 한다
주위 사람들도 사랑니를 빼라고 한다

사랑니, 뺄까요?

커피집 반盤에서

가을 햇살 따가운 오후
바다냄새 환한 커피집 반盤의 베란다에서
너를 기다린다
때죽나무 몽글몽글 꽃 피우고
늙은 화가의 원색 그림이 걸렸던 그 날
원두가 신선하지 않네
커피맛이 변했네
안 해도 좋을 이야기들만 하다
헤어진 그 날 이후
기다리는 것은 나의 일상이 되고
커피집 반盤은 쓸쓸하게 웃기만 했는데
때죽나무 조롱조롱 열매 맺고
벚나무 이파리 사이로 바람 좋은
커피집 반盤의 베란다에서 너를 기다린다
약속 시간이 제법 남았는데도 서두르는 너를
문 열고 들어서서는 짐짓 태연한 척하는 너를
바라보는 이 한 순간의 설레임과 서러움이여
다시 커피맛 타령이나 하겠지만
때죽나무 꽃이야 저 혼자 찬란하겠지만

커피집 반盤의 베란다에도 눈보라는 치겠지만
너를 기다리는
이 한 순간의 설레임과
이 한 순간의 서러움이여

우리 아이 햇말씀

구서동 산복도로 이층집
고추 말리기 좋은 햇살에
어떤 부지런한 아줌마가 심었는지
공터의 해바라기가 꽃을 피운다

이제 갓 돌을 지난 아이 안고
이 층 난간에 서서
– 아가야, 저게 꽃이란다
– 꽃
– 꽃
– 해바라기꽃이야
아이는 멀둥멀둥 엄마만 바라보고
며칠을 그렇게 했을 뿐인데

저녁밥 안쳐놓고
빨래 개느라 정신없는 사이
아이는 텔레비전 화면에 붙어 서서
무어라 중얼거리고 있다

아이는 화면 가득한
해바라기를 가리키며
– 꽃, 꽃
이러고 있다

아이의 햇말씀 한 마디에
저녁밥은 반찬이 필요 없다.

꽃샘추위

니가 나를 부르던
그 언어
니가 나를 원하던
그 몸짓
니가 나를 기다리던
그 나무 아래서
니가 원하는 것이
나의 화사한 원피스인지
그 원피스 속의 몸인지
그 몸속의 무엇인지
생각하는 동안
바닷가 매화는 피어나고
얄팍한 재채기 같은 자존심도
부풀었다 찌그러졌다를 반복하다
바람 빠진 풍선이 되어버리고
외로움이야
드러낼수록 상처
속으로 잘 감싸두라고
더 추워야

더욱 순결해지지 않겠냐고
삼월에도
추위는 기승을 부린다.

즐거운 수다

– 커피집 슈만과 클라라라에서

양 볼이 발그레한
비구니 네 분
무에 그리 즐거운지
수다가 동동

커피도 식물성이지
유쾌하게 웃으며
산사만 도량이더냐
또 웃으며

너무 예쁘게는 찍지 마라고
각국에서 모여든
제각각 커피잔 앞에서
찰칵
순간 하나의 찻잔이 되고

저희들 이야기 쓰는 건 아니죠
환하게 손 내밀며
오늘은 에셀바도르가 맛있어요.

황매화가 피어

울 엄마 좋아하던 황매화
손수 무덤가에 심어두고 가신
황매화

내가 널 보러 왔다는 듯
아파트 화단에 피어
엄마라고 불러 보아
엄마라고 불러 보아
이러고 있다

엄마,
엄만 그때
밥 먹었었어?
엄만 늘 내게
밥 먹었냐고 물었잖아.

외로운 자유

외로움이야말로
자유

그 좋은 사람 때문이라는 것을
비로소 안다.

여름 오후

바다는 소금에 절인
블루베리처럼 창백하고
넌 말이 없다
나를 불안하게 하던
과장된 웃음마저
어디로 갔는지
뱃고동 소리만
긴 졸음처럼 퍼져
소나무숲으로 사라진다.

흔들리는 바다

바다가
늘 바람에 흔들리고
석양에 취하는 것은 아니다

저만 볼 수 있는
눈짓 하나로도

바다는
흔들리고 취한다.

그녀에겐 서러움도

이수복 시인의 봄비를 배운다
님을 잃고 봄을 맞이하는 서러움이
구절구절 맘에 절어
취한 듯 설명하고 있는데

저 뒤쪽의 도희
— 너무 서러워서 눈물이 나요

내가 시를 제대로 가르치고 있구나
약간의 뿌듯함

— 도희야, 왜 눈물이 나는데?
— 제가 솔로로 지낸 기간이 너무 길어서요

도희의 눈망울은 까맣고
교실은 온통 까르르까르르
열여섯 계집애들에겐
서러움도 여우비처럼
환하다.

무슨 일

난만히 피어 담을 넘은
수수꽃다리 늘어진 가지를 바라보다
갑자기 몸을 떨며

젊은 새댁이
– 어머, 정신 나갔나 봐.

민들레 사이사이
제비꽃 듬성듬성 길을 걷다가
갑자기 고개를 저으며

구부정 할머니가
– 아이구, 내가 미쳤는가베.

바닷가 아침 풍경

매화 지고
모과꽃 피어나는 아침
등대는 이불인 양 해무를 안고
잠을 깜박이고
화물선은 긴 기지개인 양
천천히 움직여 항구를 떠나는데
안개도 이슬도 물방울로 듣는
바닷가 둔덕 소나무엔
까치 한 마리
뒤돌아보지 마라
뒤돌아보지 마라
째깍거리고 있다.

바다가 보이는 계단

계단은 가파르고 길어서
하루를 정리하기에 좋은 곳이지
발걸음을 꼭꼭 재어 가며 말이야
고개 들면
너무 푸르러
울음이 쏟아질 것 같은
작은 하늘
저 푸른 하늘이 안 보일 때까지
천천히 올라야 돼
난 약속했거든
니가 다시 오는 날까지
이 계단을 하루에 한 번씩만 오르기로

몇 계단 올라
숨을 크게 쉬어보는 거야
어, 인동초 꽃냄새잖아
하얀색 인동초꽃일까 살구색 인동초꽃일까
눈감고 냄새를 따라가며
꽃 색깔을 알아맞히는 일은

언제 온다 약속 없는 너를 기다리는 일처럼
막막하기는 하지만 향기로운 일이야

철 따라 꽃냄새 따라
나의 맨팔 위로
나의 맨마음 위로
어스름이 스멀스멀 기어와 모이고
투명하던 어스름이 모여
짙은 어둠이 되면
그때야 들려오는 파도 소리
바다가 보이는 계단 끝에 앉아
그 파도 소리를 듣지

어두워야 열리는 세상도 있다는 걸
처음 안 그날처럼
바다가 보이는 계단에 앉아
보이지 않는 바다를 보는 거야.

유쾌한 저녁

전화가 울린다
낯선 전화번호이다.
수화기 저편에서
– 저 이길재입니다

대뜸 한마디 한다
– 이 도둑놈아

길재가 유쾌하게 웃으며
– 네, 도둑놈 맞습니다
– 그래서 오늘은 제가 한턱 사겠습니다
지가 도둑놈이란 걸 인정한단다

제자를 도둑놈이라 부르는 선생과
지가 도둑놈인 걸 순순히 인정하는 제자가
저녁을 먹는다

깔깔 웃는다.

일기 2

맛있는 커피를 마시고
입 안에 남아 있는
향을 음미하듯

당신의 여운을 즐기는 하루였습니다.

4부

빈집을 지나는 바람

문자메세지에 답 없음이 반복될 때
메일들이 확인 안 된 채로
사이버 세상 어디에서
정처 없이 떠돌 때
바쁠 것이라 생각하고 또 생각하지만
마음은 빈집을 지나는 바람 같아
먼지 쌓인 살강에 누워 보기도 하고
외양간에 들러 오랜 세월 고삐를 묶고
떠나려는 자와의 힘겨루기로
반질반질해지지 않고는 견딜 수 없었을
쇠말뚝에 앉아 그의 한숨 소리를 들어 본다
말뚝인들 그를 붙잡고 애원만 하고 싶었으랴
아니꼽고 구차하여 고삐를 풀어버리거나
스스로를 땅에서 뽑아내어
자유로워지고 싶진 않았으랴
주저앉고 통곡하길 몇 번
이게 내 삶의 뜻이거니 하며
지난 세월 실꾸리 만들어 반짇고리에 넣고
가난한 살림, 아침밥을 짓던
어머니마냥 살고 싶기야 했으랴.

우리 아빠, 배선생

우리 아빠는 배가 불룩
엄마가 배선생 불러도 히죽히죽
동생이 배를 콕콕 찔러도 하하
- 와, 수박 같다
우리가 달려들면
- 좀 줄까
배를 훤히 보여주고

토요일 오후
내가 제일 좋아하는 발레시간
분홍 드레스 챙기고 있으면
아빠 차 열쇠 들고 먼저 나가며
- 빨랑 내려와라
엄만 눈 흘기며
- 아이만 데려주고 와요
그래도 우리 아빠
한 시간 반 동안
발레교실 커다란 유리창에 붙어
배와 코를 연달아 찧어가며
자꾸만 안을 들여다본다.

골목은 어둠 속에서

골목이 배를 깔고 어둠 속으로
기어 들어가는 모습을 보고 있으면
나도 어딘가로
들어가고 싶다
기어 들어가든 밀려 들어가든
머리와 몸을 붙인 채로
들어가고 싶다
그곳이 어디이며
그곳의 의미 따위는
나중에 알아도 좋으리라

아니, 아니
골목이 어둠을 먹다가 배불러
밀려 나온 어둠들로 채워져
고요와 평온을 가장한
혼돈이 되는 모습을 바라보면
나도 뭔가를 야금야금 먹다가
터져 나오는 그로 인해
밤이 되고 싶다
새로운 아침이 되고 싶다.

남편의 언어
– 결혼기념일에

남편의 언어를 배우지 않고
결혼한 내 잘못이 컸지만
남편의 언어와 내 언어가
이렇게 다를 줄은 몰랐다
설령 다르더라도
금방 배울 수 있으리라 여겼다

그동안 우리는 서로의 방언으로
참으로 유창하게 말하면서
자기 말을 이해 못 하는 상대를
때론 무식하다고
때론 정情이 없다고
얼마나 원망했던가

말을 하면 할수록
오해와 불신은 쌓여
말은 이유 없이 저희끼리
육박전을 하다가
공중전을 하기도 했었지

결혼 22주년, 오늘
남편의 언어는 여전히 내게 낯설지만
남편의 언어는 내게 모국어가 될 수 없고
내 언어는 남편에게 모국어가 될 수 없음을
서로의 언어를 영원히 외국어 대하듯
때론 경이롭게
때론 조심스럽게
해석하며 살아야 한다는 것을 안다.

저 햇살 이 더워 먹고

무엇을 보아도
축축 늘어진 세상
무슨 날씨가 이렇냐고
궁시렁궁시렁 불만이었는데
산에 올라 보니
그 뜻 알겠네

산등성이 노란 원추리도
바위틈 빨간 패랭이도
줄기 튼튼 바람 맞아
저 햇살 이 더워 먹고
형형색색 꽃을 피워
사랑을 하고 있었던 게지

가만히 있어도
등골로 땀이 줄줄
무슨 날씨가 이렇냐고
툴툴 짜증이었는데
들판에 서 보니

그 뜻 알겠네

사월에 심은 참깨도
오월에 심은 노랑모도
뿌리 튼튼 탁근하여
저 햇살 이 더위 먹고
휘휘 청청 잎을 키워
알곡을 만들고 있었던 게지.

사치스러운 엽서

바람 한 점 없이
고양이마저 졸고 있는
겨울 오후 속으로
불쑥 날아든
곱게 늙은 사원의
사진엽서 한 장

문득 그리워 글 띄웁니다
아픈 어머니도
늘 힘들어하는 아내도
내 삶을 잡고 있다 생각되는 아이들도 두고
혼자 떠나 왔습니다
사치입니다
사치가 사치를 낳는지
당신에게 엽서를 쓰고 싶어지는군요
당신 같으면
비눗방울 같은 내 사치를
기꺼이 즐겨 주리라 여겼기 때문이지요
당신이 엽서를 받을 즈음

나의 사치는 이미 끝났겠지만
이런 사치스런 엽서를 보낼 수 있는
당신이 계셔
아픈 어머니께도
힘들어하는 아내와 아이들에게도
사치를 줄 마음이 생기는 나를
용서하세요
용서하세요.

출근길

꽃샘바람 속
간간이 벚꽃잎 흩날리는
초등학교 교문 앞
돌배기 등에 업은
할머니는 쭈그렁 손 흔들며
어서 들어가라는데
말귀도 못 알아듣는 동생에게
무어라 종알거리며
발걸음 떼지 못하는
새내기 분홍 원피스
차창을 덮는 이별 장면 하나에
종일 아이와 씨름하여야 할
아직은 아파트가 낯선
할머니의 고된 하루와
젊은 맞벌이 부부의 바쁜 아침과
꽉 짜여진 시간표가 몸에 맞지 않아
교문이 두렵기만 한 여린 눈동자와
사라지는 누이의 뒷모습에
알 수 없는 언어를 날리는

깨끗한 슬픔 한 덩어리까지

삶의 애환들이 왁자하게 일어서
제 스스로 꽃이 되는 출근길.

해 지는 연산로터리에서

오염된 대기 속에서도 해는 기울어
빌딩 창문마다 기억들이
때 묻은 노을처럼 흔들리는데
쓰고 맵고 짰던 그 모든 것들이
시간에 헹구어져
쌉싸름하거나 매콤하거나 짭조름하여
입맛을 다시기도 하고
울리지도 않는 전화를 물끄러미 바라보다
언뜻 스치는 전화번호 하나에
웃음을 흘리다
뒷차의 경적소리에 깜짝 놀라
갈 길을 챙기기도 하는데
차들이 빡빡하게 밀려드는
육거리 한 가락에 멈춰 서서
해 질 녘, 산사山寺에 버려진 아이처럼
엄마를 부르며
막막하고 흐릿하고 애매한 어떤 곳으로
무작정 가고 싶어지는 나를 데불고
어디로 갈까
어디로
갈까

친구 이야기

두 살 터울로 아들이 둘
둘째는 백일부터 병치레
이 병원 저 병원
큰 수술 작은 수술

첫째는
안 아프고 커 주는 것만도 고마워
눈으로만 지켜볼 뿐
다정하게 말 한번 붙여 주지 못했는데
벌써 초등학교 3학년
오후 수업이 있다고 도시락을 싸 오란다

오랜만에 이것저것 챙겨
알록달록 도시락 싸주기 며칠
느닷없이 첫째가 툭 던지는 말

– 엄마, 엄마가 나도 좋아하나?

영정사진 찍는 김해들

강서체육관역 앞 대로
울긋불긋 차려입은 할머니 다섯
길을 가로질러
소녀마냥 뛰어 온다

– 아이구 버스 가는 줄 알았데이
– 난 오줌이 찔금거려 혼났다 아이가
– 니는 우째 그리 날래노
– 에구 숨 차라. 좀 쉬었다 가자

하얗게 분칠하고
반달눈썹에 빠알간 립스틱
짙은 화장에
주름이 더 깊어 보이지만
패인 골마다
슬프고 아름답고
언제나 열심히 살았던
궤적들이 고스란히 담겨
웃을 때마다

김해 너른 들이 펼쳐지는데

– 휴일 아침에 어딜 이렇게 다녀오세요
– 노인학교에서 영정사진을 찍어준다기에
– 영정사진도 너무 늙으면 보기 싫다카이
– 하모, 병들어도 영 사진이 말이 아인기라
– 그럼 저도 하나 찍어둘까요
– 아녀 아녀
– 영정사진 너무 젊은 것도 꼴사나워야

김해 너른 들이
오늘도 늙지 않고
세세 철철
꽃 피우고 열매 맺는 것은
저토록 예쁜 영정사진을 가졌기 때문이 아닐까.

개미

실내는 냉방 중
창문은 꼭꼭 닫혔다

개미 한 마리
어떻게 들어왔는지
창틀에서 요동을 친다

길다랗게 파인 홈을 따라
이리 왔다 저리 갔다

이쪽 벽에 부딪히면 저리로
저쪽 벽에 부딪히면 이리로

이리 가다
저리 가다
이게 아닌데 싶었는지
창틀 한가운데서 몸부림도 쳐본다

그 와중에 과자 부스러기 하나

절대 놓치지 않고
꼭꼭 잡고 있다.

물끄러미 내 손을 내려다본다
무엇을 잡고 있나 하고.

문암송

하동군 악양면 축지리 산83-1
복숭아밭 지나
감나무밭 지나
너럭바위에 뿌리 내려
육백 년이나 살았다는
문암송

양반님네들은
그 기상이 갸륵하여
옆에 정자를 짓고
높은 뜻을 기리며
시회를 열곤 했다는데

나는 참 이상타
문암송 보고 온 지 닷새째
높은 뜻 기리며 시를 쓰려는데
살진 허벅지를 쩌억 벌리고
깊은 골짜기를 드러내고 있는 그 모습이
자꾸 떠올라

악양 너른 들에
방동사니 지천으로 번지고
피는 나락보다 제 먼저 이삭을 피워
베옷에 벙거지도 없이
잘 자란 벼 잎사귀에 맨살 깎이며
염천 뙤약볕도 모른 채
누구는
피 뽑고 방동사니 뽑는데

푸새 빳빳 잘 다려진 모시옷 입고
헛기침에 낙락장송을 읊다가
사람 없는 틈을 타
세월에도 쭈그러들지 않는
살진 허벅지
물기 재작한 골짜기를 보고 있는
양반님네가 자꾸 떠올라.

한심한 것들끼리

하루를 시작하기 전
간단한 요가를 한다
큰 대자로 누워 몸을 이완시키는데
허공에 점 하나
줄도 없이 그네를 탄다
거미다

아파트 울울창창
한가운데 이 방에
뭐가 걸려들 것인가
먹잇감 될 만한 건 없는데

형광등에 줄을 쳐 놓고
일을 하는지
놀고 있는지
참 한심하기도 해라

그러다 문득
저 거미도 나더러

방바닥에 뭐 먹을 게 있다고
저렇게 버둥거리고 있을까
참 한심하다 하고 있겠지

한심한 것들끼리
한심타 한심타 하며
서로를 바라본다.

그들은 왜

어제의 노동과 번잡함
일상을 벗어난 웃음과 휴식마저
한 겹의 피로가 되어
온몸과 정신을 몽롱하게 싸안는
비 오는
월요일 아침
습관처럼 차를 몰아
일터로 가는 군상群像 속에서
오래전
뇌 속에 심겨진 칩*대로 움직이는
한 마리 일개미가 되어
신호등 앞에
생각 없이 앞차를 따라 서는데
옆에 나란히 선
연한 살구빛 모닝* 한 대
겹벚꽃 분홍 꽃잎을
가득 둘러쓰고 있다.
밤사이
부드러운 비가 내려

꽃잎은
사랑에 취한 연인의 몸처럼
차체에 밀착되고
생각의 여울은
가 본 길과
가 보지 못한 길을
두루 돌아다니기에 여념이 없어
비 오는 봄밤을 어디서 보낸 걸까
누구랑 같이 있었을까
그들은 왜
이 도시의 월요일 아침으로
돌아온 걸까.

* 칩 : chip
* 모닝 : 배기량 1000CC의 소형 승용차

사람과 아들의 종류

중학교 1학년 국어시간
분류에 대해 공부를 한다
사람은 몇 종류로 나눌 수 있을까
선생님이 물으시고
한 남학생이 자신 있게 손을 번쩍 든다

사람은 네 종류로 나눌 수 있습니다.
첫째, 운동도 잘하고 공부도 잘하는 사람
둘째, 운동은 잘하지만 공부는 못하는 사람
셋째, 운동은 못하지만 공부는 잘하는 사람
넷째, 운동도 공부도 못하는 사람입니다.

그러자 엄마가 보는 아들의 종류가 생각난다
1단계 공부도 잘하고 말도 잘 듣는 아들
2단계 공부는 잘하지만 말은 안 듣는 아들
3단계 공부는 못하지만 말은 잘 듣는 아들
4단계 공부도 못하고 말도 안 듣는 아들
5단계 지애비하고 똑같은 놈

이야기할 줄 아는 시인
줄거리를 만들 줄 아는 시인

김 광 수 (소설가 · 시인)

1. 작품비평과 작품해설의 차이

이계선 시인이 『바다가 보이는 계단』 시집 원고라면서 두툼한 서류봉투를 내밀었다. 작품해설을 맡으라는 무언의 압력이었다. 한 눈에 만만치 않은 분량이었다.

고마운 일이다. 그러나 전문비평가도 많고 오랜 시간 시작만을 고집해온 분들에게 미안한 마음도 들고 해서 망설이다가, 두 가지 이유를 변명 삼아 용기를 낸다.

작품비평과 작품해설이 예술작품 감상鑑賞인 점에서 뿌리는 같으나, 작품에 접근하는 자세와 의식과 목적이 다르다는 생각이 그 하나다.

다른 하나는 십여 년 남짓 시문학회 동인을 같이하면서 월 1 회 서로의 시를 같이 읽고 함께 토론하고 퇴고정서까지 하

는 동안, 독자로서는 제법 순위에 들어가는 독자, 이계선 시인
의 시를 정확하고 구체적으로 읽을 수 있는 독자라는 얼굴 두
꺼운 용기이다.

　작품비평을 비평의 본체라고 한다. 문학 자체를 연구하는
원론비평 혹은 비평론은 작품비평을 심도 있고 정확하게 하기
위한 장치라고도 한다. 결국 작품비평은 문학작품의 옳고 그
름, 좋고 나쁨, 나아가 감동과 혐오를 평가하는 행위다. 객관
적 요소가 강하다.

　거기에 비하여 작품해설은 작품을 알기 쉽게 설명하는 행위
로, 비평보다는 주관적 요소가 강하게 드러난다. 문학작품도
마찬가지다.

　작가의 작품 속 진선미와 감동을 찾아 독자에게 전하는 역
할이 해설자의 역할이다. 나아가 작가가 미처 모르고 있는 감
동까지 찾아서 독자에게 전하는 역할까지 필요하다. 시와 시
집 해설 역시 마찬가지다. 이것이 해설의 존재 이유이기도 하
다.

　결론이다. 한 시인의 시집을 해설하기 위해서는 우선 시인
과 그의 시를 긍정적으로 보는 자세가 필요할 것이다. 필자가
그렇다.

2. 이야기할 줄 아는 시인, 줄거리를 만들 줄 아는 시인

바람은 떠나고
저만 출렁입니다.

– 「호수」

딱 두 행이나 여기에 이계선 시인의 모든 것이 압축되어 있다. 시는 시인의 호수다. 인생이란 바람은 떠나고, 말글과 가락의 예술인 시만 남는다는 말이 된다. 출렁임은 사라지지만 그것이 말글로 보존되어 전해지니 시인의 시는 보물선이다.

바람과 출렁임, 두 개 심상心象 image의 조화로운 만남이 시 「호수」이므로 이미지즘imagism의 시다. 이같이 시인의 시는 어떤 갈래 어떤 내용의 시든 이야기가 된다. 이계선 시인의 장기이다. 이야기할 줄 아는 시인, 줄거리를 만들 줄 아는 시인이라는 뜻이다.

비평가들이 문학작품을 비평하는 방법이랄까 기준으로 써먹는 것이 형식과 내용, 그리고 전체적 느낌이다. 시도 이 범주를 벗어날 수가 없다.

가락에 속하는 운韻과 율律 리듬rhythm과 심상心象에 속하는 이미지와 회화성, 적확한 어휘 선택과 어법에 맞는 시행詩行 line과 연聯 stanza 구분 등이 하나의 시 형식이다.

시의 줄거리와 그 속에 들어 있는 우주관, 인생관, 철학과 사상 등속이 내용이다. 간혹 시는 줄거리가 없거나 없어도 된다는 생각을 하는 분들이 있는데 심각한 착각이고 오류다. 줄거리가 없는 문학작품은 없다. 심지어 쓰고 버린다는 의미의 낙서조차 줄거리가 없으면 성립되지 않는다.

시 역시 줄거리가 없으면 온전한 시가 되지 않는다. 문제는 시적 방법론에 의한 줄거리이므로 밖으로 드러나지 않는 경우가 많다는 것이다. 산문문학의 경우 줄거리 전개는 그리 다양하지 않다. 의미로 전개하니 그렇다.

시의 경우, 의미로 전개하는 방법이 바탕이기는 하나 다양하고도 다채롭다. 가락으로, 이미지로, 그림으로, 느낌으로, 분위기로, 자동기술법도 있다. 그 외에도 많다.

작품을 읽고 바로 오는 느낌이 전체적 느낌이다. 전문비평가의 용어로는 영감 즉 인스피레이션inspiration이라 하고, 좋은 인스피레이션을 감동感動 feeling이라 한다.

예술적 감화, 창조적 자극이 영감과 감동이며, 비평의 시작과 끝인 인상비평印象批評이 추구하는 궁극적 대상이자 주체의 객체화다.

3. 이계선 시인의 시작들

시뿐 아니라 존재하는 모든 것은 형식과 내용의 화학적 결합체다. 이것을 물리적으로, 억지 이분법으로 나누는 데서 온갖 오류가 발생한다.

화학적 결합체로서의 시인의 시작들을 나누어 본다. 대강의 분류다.

시 「호수」를 필두로 시인의 시는 인생의 형상화다. 편의상

분류를 해 보았지만 시인의 시는 시인의 인생이다. 순수 서정시나 예술지상주의가 들어설 공간은 커녕 틈조차 없어 보인다.

문학적 수식이나 군더더기 해설 없이 시인의 시작들을 분류해 본다.

• 성장의 서정시 「사월로 가는 기차」

넌 사월에 산다

네게로 가기 위해
반월당에서 기차를 타면
마음은 부풀어
나른한 열정에 떨리우는
보름달이 되고

기차가 사월에 도착하고
역을 빠져 나오면
이월의 빈 나뭇가지에도
꽃내음 가득하고
팔월의 땡볕도
상큼한 미소였다

나의 이쁜 사람을
사월에 살게 하신

그분의 뜻을 칭송하여
사월을 드나든 지 이태 (하략)

시인에게는 시간과 공간이 따로 있는 것이 아니다. 시공을 넘나들며 영육이 성장 성숙한다.

• 객창시 – 명상시 「집시촌을 지나며」

(전략) 피곤과 절망은 어디든 있는 법이지만
보란 듯이 드러내고 있는 피곤과 절망 앞에선
나의 절망과 피곤도 쉬이 풀려나오는 법이라
가던 길 멈추고
나의 피곤과 절망을
주저리주저리 풀어놓는데

들 가득 개양귀비 빠알갛게 피어
낄낄 웃어 제끼더니
한쪽 눈을 찡긋하며
가던 길이나 가란다.

짧고 긴 여행은 시인의 감성과 이성을 아울러 명상의 세계로 인도하는 듯싶다. 그것이 육화된 것이 시인의 객창시-명상시다.

• 일용의 시, 떠남과 머묾 사이 「사랑니, 뺄까요」

의사는 사랑니를 빼라고 했다
칫솔이 잘 닿지 않아
충치가 생기기 쉬울 뿐 아니라
비스듬히 누워 있어
엄청난 고통을 유발할 수 있다며 (중략)

별 뜻 없이 내뱉은
넌 나의 사랑니야 하던 네 말은
고통스러움으로 아름다움을 만들어낸
세상 수많은 숭고한 것들이
일상의 쳇바퀴에서 낡아가는 내 삶으로 들어와
햇살을 받아 반짝이는 사금파리같이
때론 눈부시기까지 했는데 (하략)

사랑니를 빼버리듯, 늘 떠나고 싶으면서도 단 한 번도 떠나지 못하는 삶이 이계선 시인의 일상이고 인생이다. 시인의 일용의 시는 떠나기 위한 장치다. 그러나 시인은 절대로 사랑하는 사람들을 떠나지 못할 것이다.

• 사랑의 시

이계선 시인의 사랑의 시는 남편사랑, 어머니사랑, 가족사랑, 교직과 제자사랑 등등 많다. 사랑욕심쟁이다. 그만큼 솔직하고 당당하다. 정직하기까지 하다. 그래서인지 사랑이란 말 글 더불어 내숭떨기가 시작되는 여느 시와는 격조가 다르다.

누추하거나 구질구질하지 않다. 스르르 웃음이 나온다. 호불호는 독자의 선택이다.

무작위로 세 편만 뽑아본다.

> (전략) 그 동안 우리는 서로의 방언으로
> 참으로 유창하게 말하면서
> 자기 말을 이해 못하는 상대를
> 때론 무식하다고
> 때론 정情이 없다고
> 얼마나 원망했던가
>
> 말은 하면 할수록
> 오해와 불신이 쌓여
> 말은 이유 없이 저희끼리
> 육박전을 하다가
> 공중전을 하기도 했다
>
> 결혼 22주년, 오늘
> 남편의 언어는 내게 여전히 낯설지만
> 남편의 언어는 내게 모국어가 될 수 없고
> 내 언어는 남편에게 모국어가 될 수 없음을
> 서로의 언어를 영원히 외국어 대하듯
> 때론 경이롭게
> 때론 조심스럽게
> 해석하며 살아야 한다는 것을 안다.

– 「남편의 언어 – 결혼기념일에」

집은 바람 속에 웅크리고 있다 아니 바람을 안고 쓰러질 듯 서 있
다 페인트칠이 벗겨지고 반 넘어 녹이 슨 함석대문은 뭐가 와도 개
의치 않는다는 표정으로 반쯤 열려 있고, 감나무 잎은 저희끼리 수
군거리다 지쳤는지 마당 귀퉁이에 모여 서로의 늙음을 확인하며 밤
이 오길 기다린다 개망초꽃 서넛은 지붕에 뿌리를 내린 채 넘어가는
햇살에 줄기를 말리며 서 있고, 집의 관절들은 마디마디 부러진 채
서로를 부축하며 새로운 균형을 이루고 서 있다.

  거기 그렇게 살다 가신 내 어머니가 바람 속에 서 계신다.

— 「빈집」

환경조사서에 어머니 직업란에
〈쪽자〉라 쓰고
이게 어떤 일이냐 묻는 내게
사실은 어머니 직업이 아니고
할머니 직업이라고
웃으며 당당하게 말하던 아이 (중략)

어느 날 문득
우람한 돌바기 사내아이를 들쳐업고
음료수 한 통에
백화점 상품권 들고
학교로 찾아온 그 아이

아직도 환경조사서가 있다면
돌바기 환경조사서 어머니 직업란에

컴퓨터학원 강사라고 써넣을
까르르까르르 온 교실을 흔들어대던
웃음소리 어여쁜
영아가 보고 싶다.

　　　　　　　－「영아가 보고 싶다」

4. 의미의 단계, 감각感覺 sense 의미意味 meaning
　　느낌 feeling, 어감語感 nuance

시론에 관한 한 고전에 속하는 김춘수金春洙의 시론집 『의미
意味와 무의미無意味』에서 현재까지도 독자에게 가장 크게 오해
를 받아 왔던 부분이 두 가지이다. 문제는 그것이 책 전체의
주제에 해당한다는 것이다.

하나는 역사관이다. 시는 역사를 뛰어 넘어야 하고, 소설은
역사 속에 있어야 한다는 말이 그것이다.

인간의 감성은 시대와 역사를 초월한 본원적인 것이고, 시
는 감성의 형상화가 되어야 한다는 뜻이라고 배웠다. 절대 진
리나 강요가 아니고 선택임도 배웠다. 이것이 일부 소설가들
을 화나게 한 것 같다.

둘은 무의미에 대한 오해다. 무의미, non-sense, 의미 없음
이 아니다. 보편적, 사전적 의미意味 meaning보다는 시적 의미
에 속하는 감각感覺 sense과 느낌 feeling, 제4, 제5의 의미라는
어감語感 nuance, 상징 등을 적절히 선택 구사하는 시를 쓰라
는 말글이다. 이게 의미 자체가 없는 시론과 시로 대접받고
있으니 난감하기만 하다.

김춘수의 역사관과 의미의 단계를 확실하게 거부하는 시가 이계선 시인의 시작들이다. 역사와 역사 밖을 드나드는 시집이 『바다가 보이는 계단』이니까.

이계선 시는 다채롭다. 전통적 시가에서 근대시를 거쳐, 현대시의 양대 조류인 주지시主知詩와 초현실시超現實詩 surrealism 중 주지시적 문명비판에까지 이르고 있다.

시인의 주지시, 바탕은 한결같다. 문명의 뒤안길에서 버려지기를 예감하거나 버려진 것들의 비애를 다루고 있다. 이런 종류의 시는 중심사상이 주지시의 시작 태도인 문명비판이 될 수밖에 없다. 문명비판이 무엇인가? 현대문명을 한껏 누린 후에 그 문명을 객관화시켜 비판 판단하라는 것 아닌가.

그러나 궁극적으로는 의미가 없다. 모두가 이야기로 육화되니까.

5. 어법語法을 알고 시를 쓰는 시인, 극복의 과제

이계선 시인은 어법을 알고 시를 쓰는 시인이다. 대학에서 어법을 착실하게 배운 덕분이리라. 화법話法은 말의 법칙이고 문법文法은 글의 법칙이다. 둘을 통틀어 결합시킨 것이 어법이다.

문제는 여기에 있다. 어법에 대한 지나친 자신감이 오히려 어법을 파괴하는 경우가 종종 있다. 시인은 스스로 시적 허용을 잘 알고 있으나 독자는 시인이 아니다. 어디까지나 다정하면서도 무서운 독자일 뿐!

6. 마무리

비평가라는 사냥꾼에게 포획된 사냥감이 작가이고 작품이란 말, 일리 있는 말이다. 그러나 비평가는 작품 속에 숨은 감동을 찾아서 독자에게 전해주는 전도사이기도 하다. 그러므로 아름다운 사냥꾼이고, 꾼이어야 한다.

이제 이계선 시인은 또 다른 세상을 만나기 위해 여행을 떠나려 한다. 그만큼 시인의 시가 새로운 세상 속에서 더욱 참신한 지평을 열 것이다.